Collection dirigée par Glenn Tavennec

L'AUTEUR

Ken Follett, né au pays de Galles en 1949, compte parmi les plus grands auteurs de thrillers et de romans d'espionnage, mais c'est avec ses romans historiques *Les Piliers de la Terre* et *Un monde sans fin* qu'il a connu ses succès les plus fameux : vingt millions d'exemplaires vendus à travers le monde et une adaptation en série télévisée. Il a également écrit quelques ouvrages pour la jeunesse, dont *l'Appel des étoiles* et *Le Mystère du gang masqué*.

KEN FOLLETT

LA BELLE ET L'OISEAU

Conte

Illustrations de Corinne Bongrand

Traduit de l'anglais par Fabien Le Roy

R
JEUNESSE

Titre original : The Ninety-ninth Wife

ISBN 978-2-221-24039-7 ISSN 2258-2932
Dépôt légal : mai 2019
Loi n° 49-956 du 16 juillet 1949 sur les publications destinées à la jeunesse et aux jeunes adultes.

Pour Ally, Clemmie, Tommy,
Francesca, Neo, Django, Rosie & Coco

1

Katerina était la quatre-vingt-dix-neuvième épouse du grand sultan.

Il était follement amoureux de l'épouse numéro un.

Il aimait beaucoup Numéro deux.

Numéro trois était une beauté, Numéro quatre le faisait rire et Numéro cinq chantait comme un ange.

Mais pour le reste, eh bien, il ne se souvenait plus de leurs noms.

2

Katerina était la fille du tsar.

Elle venait d'un pays de neige, de traîneaux et de samovars (qui sont des théières).

Elle avait treize ans, ce qui est un peu jeune pour être mariée, mais elle vivait dans les temps anciens, à une époque où les tsars, les sultans et les rois pouvaient faire ce qui leur chantait et où les sortilèges fonctionnaient toujours.

Elle n'avait pas vraiment envie de quitter la maison, car les courses de traîneaux avec ses frères et sœurs allaient lui manquer.

Or son père lui dit que c'était son devoir. Depuis de nombreuses années, le tsar et le sultan se livraient une guerre que ni l'un ni l'autre ne pouvait gagner, et Katerina faisait partie du processus de paix. Son mariage sauverait de nombreuses vies, lui affirma le tsar. Elle partit donc pour le Turkestan.

3

Katerina avait espoir que son mari soit jeune et beau, et doté d'un bon sens de l'humour. Elle fut un peu surprise lorsqu'elle découvrit que le sultan était aussi vieux que son père, qu'il avait un gros nez et un ventre assorti.

Mais ce n'était pas si important, car, une fois le mariage célébré, il l'embrassa sur la joue… et l'oublia sur-le-champ.

Les épouses du sultan habitaient un gigantesque palais appelé le sérail. Elles possédaient des robes somptueuses, mangeaient des mets exquis, avaient des servantes pour laver leur linge et des jeunes filles au pair pour s'occuper de leurs enfants. Pourtant, il y avait un hic.

Jamais elles n'étaient autorisées à quitter le sérail. Jamais.

Le sultan avait promulgué une loi disant qu'aucun homme ne devait poser le regard sur l'une de ses épouses. Les hommes avaient interdiction de pénétrer dans le sérail, à moins qu'ils n'aient les yeux bandés. Si l'un d'entre eux apercevait l'une des quatre-vingt-dix neuf femmes, même par accident, on lui coupait la tête.

Katerina s'ennuyait au sérail. Il n'y avait rien à faire, à part rester assise sur des tapis turcs en mangeant des loukoums ou profiter des bains turcs. Elle était prise au piège.

Jusqu'au jour de la danse.

4

Le sultan voulut organiser une soirée disco.

Aucun homme ne serait invité, bien sûr, la fête ne serait que pour lui et ses quatre-vingt-dix-neuf épouses.

Il demanda à Numéro un de commander de nouvelles robes pour toutes ses femmes, des montagnes de plats délicieux… et un DJ.

— Mais nous vivons dans les temps anciens, les cassettes, les vinyles, les CD et les mp3 n'ont pas encore été inventés..., remarqua Numéro un.

— Dans ce cas, fais venir des musiciens.

— Les musiciens sont tous des hommes.

— Peu importe, ils n'auront qu'à jouer les yeux bandés, répliqua le sultan.

5

Le meilleur musicien de la ville était un jeune et beau guitariste qui s'appelait Ali Fenda. Il habitait avec sa mère la maison voisine de celle du magicien, M. Ping.

Ali fut au comble de la joie lorsqu'il reçut ce message du sultan :

T libre pour jouer o c-rail ce soir ?

Mais sa vieille mère, pleine de sagesse, l'avertit :

— N'y va pas !

— Je n'ai pas le choix, c'est un ordre du sultan, répliqua Ali.

— Tu n'as qu'à lui répondre que tu as mal au ventre, comme quand tu ne voulais pas aller à l'école.

— J'ai envie d'y aller, ça va être un super concert !

— Dans ce cas, sois prudent ! Sous aucun prétexte tu ne dois regarder les épouses du sultan, sinon il te fera couper la tête. Et tu auras l'air sacrément idiot, à jouer de la guitare sans tête sur les épaules, tu ne crois pas ?

Les mères tenaient ce genre de discours dans les temps anciens, et ça n'a pas changé depuis.

6

Une servante banda les yeux d'Ali en serrant fort, le prit par la main et le guida jusqu'à la salle de bal.

Il entendit bientôt les bavardages excités des quatre-vingt-dix-neuf épouses.

On l'aida à monter sur un podium, puis la voix du sultan claqua comme un fouet :

— Joue !

Ali joua son morceau préféré. Le sultan battait des mains en rythme – enfin, plus ou moins. Toutes les femmes dansaient.

Lorsque la chanson fut terminée, le sultan s'écria :

— Splendide ! Une autre !

Ali enchaîna les chansons une heure durant, mais le sultan continuait de taper dans ses mains et ses épouses dansaient toujours. Il eut beau jouer plus fort et accélérer le tempo, dans l'espoir de les fatiguer, ils en réclamaient toujours plus. Jusqu'au moment où le sultan s'exclama :

— Allez, juste une dernière de chez dernière, je suis sur les rotules !

Ali se lança alors dans un air endiablé tout en sautant sur place.

Et ce fut le drame.

7

Ali s'était tellement laissé emporter, grattant furieusement sa guitare et sautillant à qui mieux mieux, que son bandeau glissa.

L'espace d'une seconde, il put voir d'un œil.

Cela lui suffit pour apercevoir la plus belle fille du monde.

Elle lui rendit son regard, les yeux écarquillés.

Ali s'empressa de se pencher sur sa guitare pour remonter le bandeau le plus discrètement possible sur ses yeux. Le temps qu'il se relève, il avait à nouveau les yeux masqués.

Cependant, la jeune épouse du sultan l'avait vu poser le regard sur elle, et il s'attendait à ce qu'elle crie à tout instant :

— Le guitariste a regardé ! Il m'a vue ! Coupez-lui la tête !

Mais elle resta muette.

À la fin du concert, la servante reconduisit Ali à la porte du sérail, lui remit une bourse remplie d'or de la part du sultan et lui souhaita bonne nuit.

8

Ali ne parvenait pas à oublier l'épouse du sultan. Il ne tarda pas à comprendre qu'il était amoureux d'elle.

Il décida d'aller rendre visite à son voisin le magicien. Originaire du Cathay, M. Ping avait la peau ridée tel un vieux parchemin et de longs cheveux noirs rassemblés en catogan. Il tirait sa magie des rayons de soleil.

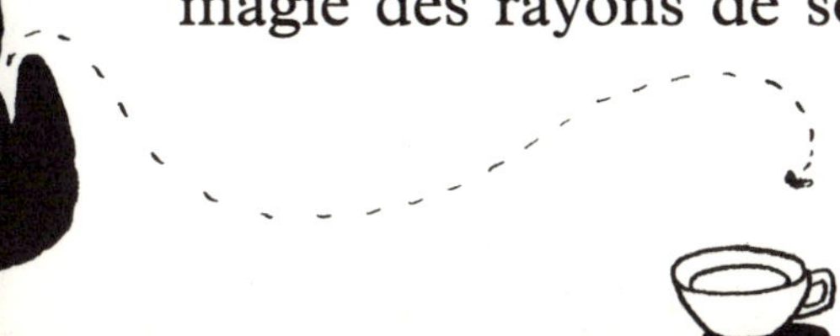

— Je suis tombé amoureux de l'une des femmes du sultan, lui confessa Ali.

— Chuuuut ! s'exclama M. Ping. Dire cela suffirait à te faire couper la tête !

— Peu m'importe.

— De quelle épouse parles-tu, d'abord ? Elles sont quatre-vingt-dix-neuf !

— Je ne sais pas comment elle s'appelle, mais elle m'a semblé très jeune.

— C'est Katerina !

— Elle est pour moi la plus belle femme du monde, pouvez-vous l'aider à s'échapper ?

— Mais bien sûr ! railla le magicien, c'est le meilleur moyen pour qu'on lui coupe la tête, et à moi aussi !

— Je peux vous donner une bourse remplie d'or.

— Je préfère ça, s'adoucit M. Ping. Cela m'est toutefois impossible de faire sortir l'une des femmes du sérail. J'ai beau être le meilleur magicien de tout le Moyen-Orient, je ne suis pas tout-puissant.

— Si seulement je pouvais la voir de temps en temps..., soupira Ali.

— Je peux peut-être t'arranger ça, mais tu ne pourras pas l'épouser ou quoi que ce soit du genre...

— Cela ne me dérange pas, du moment que je peux la revoir !

— Où est-elle, alors, cette bourse d'or dont tu me parlais ?

Ali lui donna l'argent.

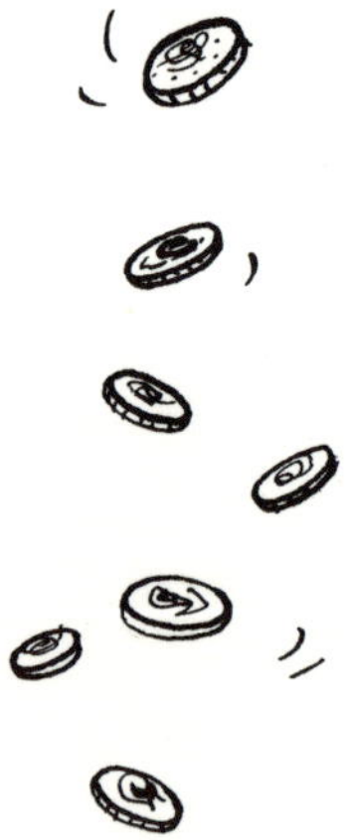

9

M. Ping alla à la fenêtre. Il attrapa une pleine poignée de rayons de soleil et les tordit en un nœud étrange, puis il prononça un mot magique.

Il y eut une sorte de coup de tonnerre, suivi d'une odeur d'ozone et Ali se transforma en un merle aux plumes noires luisantes et au bec jaune.

— Tchip tchip, babilla Ali, ce qui signifiait : « Attendez une minute, qu'est-ce qui m'arrive ? »

— Désormais, tu peux voler jusqu'à la fenêtre de sa chambre, expliqua M. Ping. Ainsi, tu pourras la revoir.

— Tchip tchip ! flûta Ali, ce qui signifiait : « Mais elle va se dire que je suis un oiseau ! »

— Hélas, je ne peux rien y faire.

— Tchip tchip ! reprit Ali, ce qui voulait dire : « Est-ce que je pourrai me retransformer en garçon quand je serai avec elle ? »

— Seulement si elle t'embrasse volontairement, répondit M. Ping, puis il s'assit pour compter son or.

10

Ali vola jusqu'au sérail et regarda à travers toutes les fenêtres jusqu'à trouver la chambre de Katerina, tout en haut d'une tour.

Elle était aussi belle que dans son souvenir.

Il se percha sur le rebord de sa fenêtre et se mit à chanter.

Son chant voulait dire : « Embrasse-moi, Katerina, et je me transformerai en garçon. »

La chanson qu'il sifflait était très mélodieuse, car il était musicien. Katerina l'appréciait énormément, mais elle n'en comprenait pas les paroles. Elle n'entendait que « Tchip tchip ! »

Elle donna du pain de son plateau-repas à Ali, mais elle ne l'embrassa pas.

Lorsque la nuit tomba, elle ferma les volets et lui s'envola.

11

Le lendemain matin, Ali revint à la fenêtre de Katerina. Il resta perché sur le rebord tandis qu'elle se baignait, s'habillait et prenait ses corn flakes.

Il était heureux d'être auprès d'elle, mais il regrettait terriblement d'être un oiseau.

Le même scénario se répéta tous les jours de la semaine.

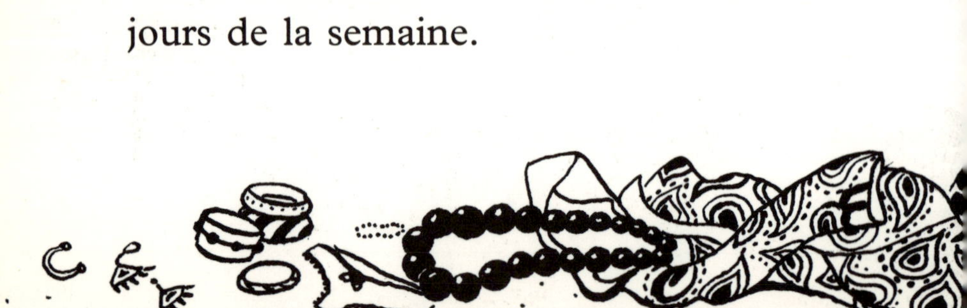

I ♥ PARI

Ali mangeait dans la main de Katerina et se perchait sur son épaule pour chanter. Elle lui parlait tout en caressant ses plumes noires et luisantes. Elle lui chuchotait qu'elle n'était pas amoureuse de son mari, le sultan, qui ne l'avait embrassée qu'une seule fois. Elle lui avouait qu'elle était amoureuse d'un jeune et beau guitariste, mais que jamais, jamais elle ne le reverrait.

Ali répondait :

— C'est moi ! Je suis le guitariste, embrasse-moi et tu verras !

Malheureusement Katerina n'entendait que :

— Tchip tchip !

12

Certaines des autres épouses n'aimaient pas Katerina, parce qu'elle était si jeune et si jolie. L'une d'entre elles se plaignit un soir de la présence du merle et, le lendemain matin, le sultan fit irruption dans la chambre de Katerina alors qu'elle était dans son bain.

— Bonjour, ma femme, dit-il. Quel est ton nom, déjà ?

— Oh, mon mari, je suis Katerina.

Elle sortit du bain et se drapa dans une serviette.

— Que fait cet oiseau ici ?

— Oh, mon mari, ce n'est qu'un animal de compagnie.

— Je n’en suis pas si sûr, je n’aime pas trop les regards qu’il te jetait tandis que tu étais dans ton bain.

L’oiseau s’envola du rebord de la fenêtre pour venir se percher sur l’épaule de Katerina. Si jamais le sultan s’avisait de faire du mal à son aimée, il le tuerait à coups de bec !

— Il est bien inoffensif, répliqua Katerina en embrassant la tête du merle.

13

Le merle se transforma alors en un beau jeune homme.

Katerina en tomba muette de surprise : c’était le guitariste !

— Tiens, tiens, dit le sultan. Je savais bien qu'il y avait quelque chose de louche chez cet oiseau. Qu'on lui coupe la tête !

Katerina était au comble du désespoir. Elle venait à l'instant de trouver l'amour de sa vie, et voilà qu'elle risquait de le perdre aussitôt.

— Oh, mon mari, plaida-t-elle, s'il vous plaît, laissez-moi passer une journée avec lui avant de lui couper la tête !

Les lèvres du sultan s'étirèrent en un sourire sinistre.

— Très bien, dit-il.

— Oh, merci, mon mari !

Le sourire sinistre devint franchement méchant.

— Et, ensuite, je te ferai aussi couper la tête, j'espère que ça t'apprendra à faire les yeux doux à des guitaristes.

Katerina ne savait pas si elle devait pleurer ou bien se réjouir. Elle passerait une journée entière avec Ali, puis ils mourraient tous les deux.

— Et, au fait, qui donc l'a transformé en oiseau ? Je parie que c'est ce vieux roublard de magicien, M. Pong.

— Ping, corrigea Ali.

— Ping, Pong, peu importe, j'aurai sa tête à lui aussi !

Le sultan sortit de la pièce et verrouilla la porte à double tour.

14

Ali ne pouvait plus s'envoler par la fenêtre, puisqu'il était redevenu un jeune homme. Il décida donc de profiter des quelques heures qui leur restaient.

Katerina et lui passèrent toutes les heures du jour à parler, et toutes celles de la nuit à s'embrasser.

Très tôt le matin, avant le lever du soleil, une robuste femme officier de police escorta Ali et Katerina jusqu'à la cour centrale. Le bourreau était en train d'y affûter sa hache.

M. Ping était déjà là, dans l'attente de se faire trancher la tête.

— Pouvez-vous nous sortir de là ? lui demanda Ali.

— Mes sortilèges ne fonctionnent pas sans la lumière du soleil, tu le sais très bien. Et le soleil ne se lèvera pas avant une bonne demi-heure.

— Mais le bourreau est déjà prêt ! se désespéra Ali. Regardez-moi le tranchant de cette lame ! Il n'attend plus qu'un mot du sultan pour nous couper la tête. Il nous faut trouver un moyen de retarder l'exécution jusqu'au lever du soleil.

Ali eut beau se creuser la tête, il ne trouvait rien.

Le sultan arriva.

Soudain, Ali eut une idée.

Il demanda au sultan d'une voix forte :

— Ô puissant monarque, puis-je vous jouer un dernier air sur ma guitare avant de mourir ?

— Très belle idée, approuva le sultan. Très émouvant ! Qu'on lui apporte son instrument !

Ali joua comme il n'avait jamais joué. Lorsqu'il parvint au dernier accord de sa chanson, il la reprit du début. Il joua encore et encore le même air, scrutant l'aube à l'horizon. C'était le plus long morceau qu'il eût jamais joué de sa vie. Il crut que le soleil n'allait jamais se lever.

Le sultan finit par s'exclamer :

— C'était très bien. Mais maintenant, ça suffit : qu'on lui coupe la tête !

Le bourreau leva sa hache.

15

Le soleil vint alors espionner la scène de derrière la montagne.

Un de ses rayons se fraya un chemin jusqu'à la cour, illuminant la chevelure de Katerina.

Rapide comme un serpent, M. Ping attrapa une pleine poignée de rayons de soleil et les tordit en un nœud étrange, puis il prononça un mot magique.

Il y eut une sorte de coup de tonnerre, suivi d'une odeur d'ozone.

Soudain, M. Ping se transforma en un lézard jaune brillant à la longue queue noire.

Il prit ses pattes à son cou et fonça jusqu'à la bouche d'égout la plus proche.

Nouveau coup de tonnerre, et Ali redevint un merle.

Il prit vite conscience qu'il pouvait s'envoler à tire-d'aile, mais il ne voulait pas partir sans Katerina.

Un troisième coup de tonnerre retentit et Katerina se transforma à son tour – en une superbe femelle merle d'un beau brun sombre.

Ali et Katerina s'envolèrent aussitôt ensemble.

Le bourreau avait l'air affreusement déçu.

16

Les deux merles se perchèrent sur une haute tour du sérail, gazouillant joyeusement.

Le sultan, qui les observait de tout en bas, s'exclama :

— Eh ben ça, par exemple !

Quelques instants plus tard, les tourtereaux, ou plutôt les merles, s'envolèrent dans le ciel, toujours plus haut, jusqu'à disparaître dans les montagnes.

On ne les revit plus jamais.

Le lendemain, le sultan décréta qu'il serait désormais interdit de jouer de la guitare dans son pays.

FIN

Composition et mise en pages
Nord Compo à Villeneuve-d'Ascq

MIXTE
Papier issu de
sources responsables
FSC® C003309
FSC
www.fsc.org

L'Éditeur de cet ouvrage s'engage
pour la préservation de l'environnement
et utilise du papier issu de forêts gérées de manière responsable.

Cet ouvrage a été achevé d'imprimer en avril 2019
sur les presses de Normandie Roto Impression s.a.s.
61250 Lonrai (Orne)
N° d'édition : 58729/01 - N° d'impression : 1901373

Imprimé en France